ÉLOGE

DE

JASMIN

PAR

M. l'Abbé SOUCARET,

Supérieur du Collége d'Eauze, Chanoine honoraire d'Auch.

Lou co per lou senti n'a pas besoun d'escriou,
Jesus es may qu'un home! es Diou! es Diou! es Diou!
(Lou poète del puple à moussu Renan.)

AUCH

IMPRIMERIE ET LITHOGRAPHIE FÉLIX FOIX, RUE BALGUÉRIE.

—

1865

ÉLOGE DE JASMIN

ÉLOGE

DE

JASMIN

PAR

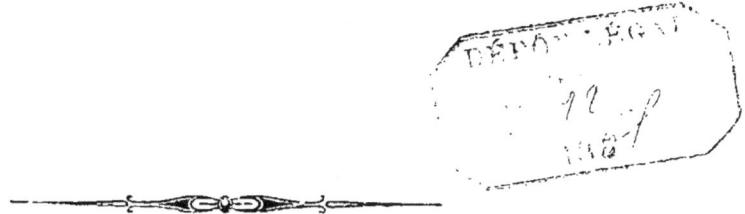

M. l'Abbé **SOUCARET**,

Supérieur du Collége d'Eauze, Chanoine honoraire d'Auch.

Lou co per lou senti n'a pas besoun d'escriou,
Jesus es may qu'un home! es Diou! es Diou! es Diou!
(Lou poète del puple à moussu Renan.)

AUCH

IMPRIMERIE ET LITHOGRAPHIE FÉLIX FOIX, RUE BALGUERIE.

1865

1866

A MONSIEUR

Le Comte Frédéric De LAGRANGE,

Député au Corps Législatif.

MONSIEUR,

Le prix d'honneur que vous venez de décerner à l'élève le plus méritant du collége d'Eauze et l'éloge de Jasmin, notre grand poète méridional, ont été comme les deux événements de la séance du 10 août. Ces deux faits ne doivent pas être séparés : l'un est la raison de l'autre. Le discours de M. le Supérieur prouve péremptoirement que vous ne pouviez pas mieux adresser vos libéralités qu'à une maison où l'on professe des doctrines littéraires si pures, et où l'on parle un si beau langage. Je suis heureux, Monsieur le Comte, de pouvoir fournir à tous vos amis une démonstration qui ne vous était pas nécessaire à vous-même. L'admiration d'un élève copiste l'a mise sous ma main. Je l'aurais vainement attendu de la modestie de l'auteur.

Agréez, Monsieur le Comte, l'expression de ma considération la plus respectueuse et la plus distinguée.

Le doyen de Montréal,

MOTHE.

Montréal, le 13 août 1865.

ÉLOGE

DE

JASMIN.

MESSIEURS,

CHERS ELÈVES,

Il y a deux ans à peine, dans une solennité littéraire comme celle qui nous réunit aujourd'hui, je vous faisais l'éloge de Madame Thore, cette âme d'élite aussi distinguée par ses vertus que par son talent. Depuis, nous avons vu descendre dans la tombe un autre poète qui eut avec elle plus d'un trait de ressemblance. Epris l'un et l'autre de la passion du bien, ils honorèrent leur muse en la consacrant à célébrer le beau et l'honnête.

Ces deux âmes méridionales s'estimaient et se donnaient des témoignages réciproques de leur mutuelle estime. Tous deux, ils furent appelés à l'honneur du fauteuil, à l'Académie des Jeux-Floraux : vous avez nommé Jasmin.

Jasmin a parlé avec ravissement une langue qui était de plus en plus dédaignée, et paraissait destinée à descendre au dernier degré de l'échelle sociale et à s'éteindre sans gloire. Vous l'avez vu ici même ; vous l'avez entendu, applaudi. Rangé d'ailleurs (et non point par flatterie) parmi les classiques de son temps, à cause des qualités qui lui sont communes avec les modèles sur lesquels on vous forme, il mérite, à tous égards, que nous lui payions, en ce jour, le modeste tribut de notre reconnaissance.

Ce gai nourrisson de la Garonne vécut et grandit à peu près comme tous les enfants du peuple, se chauffant au soleil (1) en hiver, sautant, se battant, recevant plus qu'il ne donnait; en été, allant à la picorée et à la maraude, escaladant les haies pour atteindre la cerise et la prune. Une chose, un mot, faisait sur cette âme insouciante l'effet d'une note de musique, l'*Ecole*. C'était un instinct révélateur de son avenir. De bonne heure, en effet, s'éveilla en lui comme une flamme sacrée. Quoiqu'il eût peu de lecture, et que les Anciens fussent demeurés pour lui un livre fermé, il rimait; et la main qui tenait le peigne et le ciseau du coiffeur prenait la plume pour écrire les inspirations du jeune poète. Ses *Papillotes* et ses *Chansons* attiraient dans sa boutique un petit ruisseau d'argent, si bien que son épouse économe, qui d'abord lui serrait le papier et lui brisait la plume, maintenant lui répétait : fais des vers, fais des vers. Etait-ce plutôt pour le profit ou pour la gloire?... Mais le profit venait, et la gloire aussi.

(1) *Mous Soubenis,* — passim.

En effet, le poète marchait à grands pas vers la célébrité. Il n'en était plus aux essais. Ses *Souvenirs*, que je viens de vous esquisser, son *Trois mai* à l'occasion de l'inauguration de la statue de Henri IV, et d'autres poèmes lui avaient valu des applaudissements et des couronnes. Encouragé par le succès, son talent s'enhardit; son inspiration est plus élevée, sa poésie plus riche; il va de triomphe en triomphe. L'*Aveugle de Castelculier*, *Françonnette*, *le Voyage à Paris*, et plusieurs autres productions de circonstance se succèdent à des intervalles rapprochés, et présagent *Marthe la Folle*, *Ma Vigne*, *les Deux frères jumeaux*, *la Semaine d'un fils*, etc. Ses sujets, il ne les emprunte pas à l'antiquité; pas davantage aux contemporains; il sait négliger ce qui dépare leurs œuvres. Il puise au foyer domestique, au sein du peuple; il trouve ses héros autour de lui; c'est un fait, où il fut témoin ou acteur; ce sont des légendes qu'il a entendu raconter par son vieux grand-père, dans les longues soirées d'hiver, et qui se transmettaient comme un héritage dans les veillées du hameau. Il a vivifié, embelli ces thèmes, et en a fait des poèmes charmants. Ces poèmes accusent bien la même provenance; ils sont bien les nourrissons de la même muse, nés tous sur les bords riants du même fleuve. L'*Aveugle*, *Marthe*, *Angèle*, dans les *deux bessons*, âmes naïves et confiantes, cœurs innocents et purs qui se sont ouverts au soleil de la vertu, comme le calice de la fleur aux rayons de l'astre du jour, ce sont bien trois sœurs de la même famille; mais elles se ressemblent sans se confondre : « *facies non omnibus una.* »

Et *Ma vigne*? Quelle charmante idylle! Quelle émouvante pastorale où la simplicité, l'enthousiasme, la fraîcheur, la délicatesse, se prêtent un mutuel concours, et font de ce morceau un chef-d'œuvre qu'il est superflu de louer! Il

suffit de le nommer : c'est l'un des plus connus et des plus
classiques. Je ne pense pas qu'Horace, dans ses odes morales,
et ce que j'appellerai ses propos de table, ait quelque chose
de mieux que le tableau que nous offre notre poète, de cette
jeune vigne où il festoie ses amis, si bien que quand ven-
danges viendront, son cellier sera fermé :

> Dambé tous mous amics, san panès et san descos
> Aouren dabanço tout bregnat.

Je ne dis rien de la *Semaine d'un fils*, ni de cette in-
téressante figure d'Abel, victime de la piété filiale ; j'en
passe d'autres encore, et des meilleures. Je sens d'ailleurs
que, pour être complet, je devrais citer, ce qui m'entraine-
rait trop loin. A l'inconvénient d'être trop long, je préfère
encore celui d'être incomplet.

Cette âme naïve, spontanée, qui s'était révélée, dès les
débuts, par une sensibilité exquise, ne pouvait se condamner
à la stérilité d'une vaine gloire. Il ne se contentait pas,
romancier inutile, de s'apitoyer en beaux vers sur les misères
de l'humanité ; il éprouvait l'ambition, le besoin de les
soulager. Il aima toujours à exalter les hommes qui furent
grands, surtout par les qualités du cœur ; tel le médecin des
pauvres, tel le ministre Martignac. Il amusait, il faisait rire,
mais dans un but charitable : comptez les pauvres, au lieu de
compter les étoiles, disait-il aux savants ; et ailleurs dans
Riche et pauvre !

> N'oublides pas un soul moumen
> Que des paourés la grando clouco
> Se rébeillo toutjours dambé lou rire en bouco
> Quan s'endrom sans abé talen !

Que la maison de Dieu tombât pièce à pièce, de vétusté, nouvel Orphée, il s'en allait de ville en ville, et le son de sa lyre mettait les pierres en mouvement :

..... La Gleyzo m'attendio:
A boulgut d'uno muzo aney estre adujàdo
Per se metre à coubert un aouta pes paourels.....
Ey pres la galoupado.

Il était beau lorsque, d'une voix attendrie, il prononçait ces vers si profondément sentis, qu'il accompagnait d'un geste d'une puissante protection :

..... Eri nut; la Gleyzo, m'en rapèli,
M'a bestit pla souben penden qu'èri pitchou;
Hòme, la trobi nùdo, à moun tour la capèli.....

Cette noble mission de troubadour pèlerin, charmant les oreilles du riche pour ouvrir les bourses en faveur des pauvres, a imprimé à sa muse un sacre indélébile; la reconnaissance publique lui a donné un surnom glorieux entre tous, le surnom de *sœur de charité.*

Jasmin sait aussi s'élever jusqu'aux hautes questions sociales: dans son poème : *Ville et campagne,* il nous peint avec une énergie que ne paralyse point le langage simple et naïf du villageois, dont il affecte de ne se départir jamais (sa muse demeure invariablement la muse patoise); il nous peint les travers de l'esprit nouveau condamné par ce qu'il appelle *l'aîné de l'esprit:* le bon sens. Par un heureux emploi de l'antithèse, du ridicule et de l'ironie, dont il se sert avec un rare succès, il flétrit les extravagances de notre temps, où la manie de se déclasser est une véritable maladie sociale. Ainsi que son héros *Charles,* la société ne retrouve son calme et son bonheur relatif qu'à mesure qu'elle brise avec cette fiévreuse convoitise de jouissances qui la pousse violemment en avant, sous le nom spécieux de *progrès*. Elle proteste par les bouches les plus graves et les plus autorisées contre cette invasion du plaisir énervant et du luxe oisif, qui font regretter la simplicité laborieuse de nos pères.

Oh ! per debat aquel bé, que de mal !
Que de tristesso en jòyo poumpounàdo !
Tout mentissio, lou palay et l'oustal !
Per un boun pas, bezi cent trabucâdos :
Per un sourire, a còs soun milo plous :
Per un mounta, bezi cent debalâdos :
Per un hurous, a còs cent malhurous !

En même temps qu'il a servi la cause de la morale, il a servi aussi la cause de sa langue. Il a mis à profit cette grande élasticité qui lui est commune avec les autres langues méridionales ses sœurs, l'italienne, l'espagnole. Il a réalisé cette destinée dont il avait le pressentiment, quand il disait :

« O ma langue, tout me le dit : Je mettrai une étoile à ton
» front obscurci : »

O ma lengo, tout me zou dit :
Plantarey uno estèlo à toun frount encrumit.

Il l'a purifiée de ses scories, des invasions étrangères, en particulier de la langue française. Il parle le langage gascon, mais de cette région où il s'est maintenu harmonieux, doux, simple, imagé. Il est si naturel, il cache si bien l'art et le travail sous une apparente ingénuité, qu'il doit venir à tout Agenais qui l'entend la pensée qu'il dirait les mêmes choses dans les mêmes termes; il y retrouve en effet ses dictons, ses proverbes, ses axiomes, les chants de ses fêtes et de ses frairies, tels qu'ils sont répétés de génération en génération : tout cela

rafraîchi, rajeuni, orné de mille grâces, dont le français seul
d'Amyot ou de Montaigne n'aurait pas été dépourvu. Si nous
n'étions pas fatalement destinés à être absorbés, et à disparaître
dans la grande unité, en vertu de ce rapide mouvement de cen-
tralisation qui supprime toutes les bornes, efface toutes les dif-
férences de mœurs, d'habitudes, de costumes et de langage,
qui tend à faire du Provençal simplement un Français, comme
du Breton, Jasmin eût été pour la langue d'oc ce que furent le
Tasse et le Dante pour la langue italienne, non pas le créa-
teur, mais le réformateur et le régulateur : il a déterminé
sa syntaxe et fixé sa prosodie. Enfin, l'auteur des *Harmonies*
et *Méditations*, à qui le poète agenais dédiait la *Semaine d'un
fils*, lui répondait, sans doute autant par conviction que par
flatterie : « Je suis fier de lire mon nom dans cette langue. »

Il était heureux de faire le bien : il n'était pas moins
heureux d'être applaudi en le faisant. En présence de ces
foules qui l'acclamaient, qui lui savaient gré de parler leur
langue et de rendre leurs propres sentiments dans cette
langue, cette nature naïve, épanouie, ne cherchait pas à se
dissimuler. Sa vie eut le caractère d'une fête : « cado jour és
diméche. » Coiffeur pour mémoire, son travail de la boutique, jadis journalier, était sans cesse interrompu par cette
occupation de l'esprit et par ces pérégrinations triomphales
qui lui tenaient lieu de brillant repos.

Poète, il était orateur; doué d'une grande sensibilité, il
possédait le don de l'éloquence. Il passionnait et enflammait
son auditoire, qui se pénétrait promptement de son enthousiasme. Les accents de sa parole émue retentiront longtemps
encore aux oreilles de ceux qui l'entendirent. Son œil,
d'ailleurs si inspiré, s'illuminait d'une clarté nouvelle. Son
auditoire, avide, sympathique, était suspendu à ses lèvres;

il palpitait, il riait, il pleurait, il chantait avec lui sous la
fascination de ce mâle visage illuminé du feu de l'inspiration,
de ce regard qui dardait la pensée et le sentiment, de ces
accents tantôt sonores et vibrants comme la menace de Dieu,
tantôt doux et limpides comme le bonheur, puis déchirants
comme le remords, plaintifs et désolés comme la douleur, et
toujours les flots de poésie s'échappaient variés, harmonieux,
cadencés.

Aussi, l'Académie, pour la première fois peut-être, parut
s'écarter en faveur du poète gascon de cette sévérité gram-
maticale avec laquelle elle veille à la pureté de la langue
française. « L'un des principaux titres de ce talent original,
disait le secrétaire perpétuel de l'Académie, l'un des principaux titres qui le désignaient à la couronne littéraire pré-
parée par les bienfaits d'un sage, c'est de ne respirer que
les sentiments les plus droits et les plus purs : Dieu, la
patrie, la famille, les affections bien placées et fidèles, l'ami-
tié reconnaissante, le zèle pour les pauvres, les orphelins,
les souffrants, pour l'église du village, pour le presbytère en
ruine du bon curé. » Et l'Académie lui décerna le grand
prix de 5,000 fr. avec une médaille frappée pour lui, la médaille du *poète moral* et *populaire*.

« Vous êtes le seul épique de notre temps; les autres
chantent, et vous sentez : » ainsi l'a apprécié un des plus beaux
génies de notre siècle : M. de Lamartine lui accordait un
mérite qu'il se refusait à lui-même : c'est que Jasmin a
toujours conservé la vieille foi de ses pères. Son âme s'est
épanouie au rayonnement de la révélation; loin de s'y trou-
ver à l'étroit, son talent y a puisé une force de conviction,
une tendresse, une hauteur de pensées, une sublimité d'inspiration, une douceur d'espérance, un calme de résignation,

qu'on chercherait vainement dans les plus éclatants génies
de ce temps, qui ont brisé les ailes à leur esprit en se renfer-
mant dans les horizons rétrécis du naturalisme ou du déisme.
Les uns, repoussés de la société comme des êtres malfaisants,
lui lancent l'outrage, l'injure et la menace; astres échevelés
et sinistres, qui apparaissent errants au hasard, sans règle
et sans but ! Les autres, moins colères, mais non moins in-
quiets, jettent vers leur passé un regard plein de tristesse,
s'effraient, dans le vide de leur âme, à la pensée de l'avenir
qui les attend par delà les océans et les étoiles, et ils rem-
plissent le monde de leurs gémissements plaintifs : châti-
ment douloureux qui atteint si promptement les génies qui
étaient faits pour guider et éclairer leur siècle et qui,
s'étant aveuglés volontairement, méconnaissent les principes
sûrs qui soutiennent la société chrétienne. Jasmin a creusé
un sillon plus modeste, mais plus utile : il lui a confié le
grain qui produit au centuple.

Vers ses derniers jours, cette foi expansive a eu l'occasion
de se manifester avec éclat. D'Arius à M. Renan, des voix se
sont élevées qui ont envoyé à leur siècle cette parole sinistre
et désolée : Dieu n'est pas Dieu ! Jésus-Christ n'est qu'un
homme! Mais de Nicée à Pie IX, leur siècle leur a répondu, et
a inscrit sur leur tombe déshonorée: prophète menteur, oracle
impur! Le poète croyant et populaire, l'ami du pauvre et du
souffrant, a entendu un jour ce blasphème. Peut-être affaibli
par les premières atteintes de l'âge, il baissera le front, et
laissera passer l'outrage en gémissant. Non : son indigna-
tion éclate sévère et contenue. Ce n'est pas le raisonnement du
théologien; c'est la foi du peuple :

> Boudros, n'espéran plus, nous tira l'espérenço?
> Eh! qué té fay nostro crezenço?

May crezen, may sen bouns, perqué te fay pouchiou?
Bos doun que de mechants et de perduts aciou?
Lou co, per lou senti, n'a pas besoun d'escriou,
Jesus es may qu'un home, es Diou, es Diou, es Diou!

C'est ainsi qu'à la voix du monde catholique tout entier, il mêlait sa voix puissante, note harmonieuse dans ce concert universel.

C'était le dernier chant du cygne; cet acte de foi et d'amour effaçait ce qui se rencontrerait de réalisme trop nu dans ses productions d'autrefois. Il pouvait maintenant s'endormir dans sa gloire, et avec la tranquille espérance d'une âme qui n'a pas failli à sa mission. Il avait mérité que le Dieu qu'il avait acclamé en face du blasphème vînt le visiter à sa dernière heure.

Tel fut, je crois, au point de vue de l'homme et du poète, le barde chrétien dont je vous ai rapidement tracé l'esquisse. Ses écrits lui survivront et peuvent se promettre d'immortelles destinées. Applaudi, fêté durant sa vie, il l'est encore après sa mort : on lui élève des statues, comme aux grands hommes qui furent les insignes bienfaiteurs de l'humanité. Nous, chers élèves, nous, ses compatriotes, qui parlons sa langue, il nous convenait, n'est-ce pas, de jeter ensemble, sur son glorieux piédestal cette modeste couronne.

Eauze, le 10 août 1865.